AF313343

2540

LES AVANTVRES

EXTRAVAGANTES

DV COVRTIZAN

Grotesque.

A PARIS,

Chez DENYS LANGLOIS, au
mont S. Hilaire, au Pelican.

M. DC. XXVII.

LES
AVANTVRES
EXTRAVAGANTES
DV COVRTIZAN
Grotesque.

L E Courtisan Grotesque sortant vn iour intercalaire du Palais de sa bouche, vestu de verd de gris, portoit vn manteau de cheminee, doublé de la frize d'vne colomne, vn rabat de jeu de paume, vne chemise de bastion, vn pourpoint de treillis de prison, les manches d'vn bataillon de gens de pied, les chausses à bandes de violon & à canon de batterie, le bas de mulet, les souliers & mules d'vn Medecin, son espee estoit Romaine, sa dague de Sergent. Il estoit parfumé comme vn jambon, souple comme vn Singe, dispos comme vn Basque, adroit comme vn joueur de passe-passe : & ne

manquoit pas de doctrine, ayant paſſé
pluſieurs fois les degrez du Palais de Paris. Ainſi paré comme vn cuir de vache, il
ſ'achemina à pas Geometriques vers ſa
maiſtreſſe Voile. Et apres luy auoir baiſé
ſa belle main de papier de Florence, il luy
parla en ces termes d'Architecture. Belle
cauſe de mes anceſtres, jettez ſ'il vo⁹ plaiſt
vos yeux benins ſur mon cœur de muſi-
que, qui pouſsé comme vin en caue, pro-
ſterné à vos pieds d'eſtail, & percé de mille pointes de rochers, vous ſupplie d'auoir
pitié des mors à pas d aſne que vos cruau-
tez luy font tous les iours ſentir comme
muſc & ambre. Accordez moy comme
vne Guiterne ce don Prieur que pour re-
compenſe des longues veilles des morts
vous me receuiez dans voſtre couche de
Lanſquenets, pour me faire gouſter comme vn vigneron entre vos bras de mille
amoureux rauiſſemens de Proſerpine. Si
vous me faictes ce bon office de iudicatu-
re, ie fay à l'Amour ce vœu de Chaſteté de
me precipiter dans les ondes d'vne piece
de camelot pluſtoſt que ie change iamais
mon argent. Alors la Dame d'eſchet, qui
auoit vne robe d'innocence couſue d'vn
filet de vinaigre, vne fraize de veau, vne

coſte de melon, le miroir de Salomon, la
bouche d'vn four, les dents de ſuye, les
oreilles d'vne eſcuelle, la langue d'vn hau-
bois, le teint d'vn diamant, qui parloit
comme vn claquet de moulin, diſcouroit
comme vne irondelle, dançoit comme
vne pirouette, chātoit comme le roſſignol
d'vn ſerrurier, ſe rendoit par ces parties
de marchand auſſi ſuperbe que Tarquin,
picquante comme vne ronce, amere comme ſuye, faſcheuſe comme fumee, &
amoureuſe comme vn chardon. Puis ſe
tenant droite ſur le talon d'vne picque, &
auec vne reuerence de pere Gardien, luy
fait des remerciemens de Loüys d'Or-
leans, accompagnez de quelques ſouris
de grenier, & d'vn peu de graces d'apres
le repas: l'aſſeurant de plus qu'elle n'eſtoit
pas des ſimples de Dioſcoride, ce que peut
eſtre il auoit creu de cinq toiſes, & qu'elle
ne ſ'eſtoit iamais imaginée qu'il ſouffre
d'allumette pour aiſle de moulin à vent:
que quand meſme cela ſeroit veritable, elle ne pouuoit receuoir ſes ſeruices autre-
ment qu'en vaiſſelle d'argent, & ſans en
communiquer la Fere en Picardie à ſon
Conſeil d'Eſtat. Mais le Courtiſan qui
auoit vne teſte de Linote, les yeux d'vne

Chevre morte, le nez d'vn Alambic, la barbe d'vne Baleine, le poil d'vn œuf, le menton en manche de violon, le front d'vne maison, l'alene d'vn cordonnier, le col d'vne grué, les espaules d'vne montagne, le dos d'vn Furon, le flanc d'vn Ravelin, la greve de Paris, le pied d'aloüette : & qui estant en toute matiere fraudale profond comme vn puy, clair comme eau de roche, & pointu comme la fin d'vne epigramme, se rendoit aussi partant de belles qualitez elementaires glorieux côme vn pet, & hardy comme le Poëte des Comediens. Puis voyant qu'elle luy faisoit tant de façons de pourpoint, & luy donnoit vn trop long terme de Logique: il ne peut attendre plus long-temps sans vser de main mise. Il tasche à luy leuer la cotte d'armes, l'enfiler comme vne perle, l'enfler comme vn balon, luy donner vn baiser de nourrice, l'embrasser comme vn lierre la muraille: l'appellant cent fois mon chœur de comedie, ma lumiere de canon, mon ame de pourceau, mes yeux de Taupe, ma flamme de peinture, mon baston de vacher, mon amoureuse de lanterne, ma maistresse les tripieres : & la tirant sur vn banc de sable l'eut inuestie comme vn nauire, si elle

n'eut crié comme vne Pie prife, & ne luy
eut d'vn accez circonflex fait quantité de
deffence de Sangliers, jurant comme vn
chartier embourbé qu'elle le chafferoit
comme vn peteur d'Eglife fil y retour-
noit plus fon habit. Mais le Courtifan par
des foumiffions en tel cas requifes fit à la
fin petit en coque. Et la Dame fatisfaite
d'vne telle recognoiffance de fief, le mena
en vn beau lieu commū : où il y a plufieurs
allees & venues, fontaine de jouvence,
fleurs d'oubly, arbres de genealogie, om-
bres des enfers, branches collaterales,
fleurs de rhetorique, fruicts faifis, ber-
ceaux de nourrices, tonnelles de vin. Et
f'eftant fait porter des chaires de Profef-
feurs publics, & la table de naufrage, cou-
urit d'vne nape d'vn cerf pain de mūnitiō,
cotaux de montagnes, plufieurs bons mets
fans Lorraine : où l'on n'oublia pas le coq
de la parroiffe, la poulle blanche, l'aigle de
Iupiter, les poullets amoureux, moutarde
apres difner : pour fruicts pommes de dif-
corde & de lict, poires d'angoiffe, pefches
de maree : pour confitures efcorces de
chefnes, noix d'arbaleftre, & autres infi-
nies douceurs de vifages. Le Courtizan ne
mangea gueres, parce qu'il f'eftoit fait fai-

gner par la veine poëtique, & luy auoit on
tiré huict onces de soye quelques iours
auparauant. Mais pendant que sa maistresse repaissoit comme vn Commissai-
re, il tenoit infinis discours de poix raisi-
ne, & contoit auec des gettons les diuers
accidens de Logique inseparable de son
amour, couurant du voile de la nuict de
plusieurs figures d'Aretin, ou artifices à
feu les douces auentures du Baron de Fe-
neste qui luy estoient escheus par dessus
ses gages. Apres maints Dialogues d'Eras-
me ils se separerent bons amis. Et le Courtizan prenant congé se retira comme vn
nerf grillé en son Chasteau Thierry qui
est à vne iournee de là. Il arriue à la porte
de l'Orizon, monte à sa chambre des
comptes, entre au cabinet de Minerue,
prend de l'anchre de nauire, & des plumes
de coq, fait des vers à soye sur du parche-
min vierge, donna sa lettre Dominicale
fermee de soye de pourceau, & cachetee
de Sire Pierre à vn postillon d'Eole, au-
quel il promit monnoye de Singe, auec
quantité d'or potable dont il luy bailla
mesme quelque poignée d'espee pour l'o-
bliger à faire prompte diligence & qu'il
reuint de pamoison. En allant le Cour-
rier

rier monté fur le cheual de Troye, botté
de foin iufqu'aux jarets de veau, auec des
efperons de galere, vne chambriere d'ho-
ftellerie en main, le cornet d vn Apothi-
caire en écharpe, empoigne les rênes en
Bretagne, met le pied en l'eftrieu d'vn
Cordonnier, fe met à fendre le vent, volle
comme le penfer, quelquefois prend le ga-
lop d'vn chaffeur, l'amble d'vn Chaffe-
maree, le trot d'vn marchand, le pas d'vn
medecin, paffe deuant l'huis d'vn paticier,
trouue le bac de fon cofté, court en fin côme vn Levrier defcouplé. Dés qu'il eft ar-
riué fait fa charge de bois, & rapporte ref-
ponfe de falade prefque en mefme inftant.
La lettre portoit affignation à comparoi-
ftre en iuftice. L'amant fortuné eftoit cependant dans le le lict d'vne riuiere, en-
fermé des courtines d'vne forterreffe, rauy
par imagination dans le ciel de fon lict, fes
draps de Berry eftoient tous noyez où n'y
auoit ny noix ny feuilles. Là il trembloit
quelquefois le grelot de jalouzie, quelquefois il fuoit comme vn œuf à la braize,
& f'il n'eut eu pour confolateur vn des
beaux efprits du Cimetiere il n'eut peu attendre patiemment l'arreft definitif de fes
pretentions. Dés qu'il entend l'heureufe

B

nouuelle de son Ambassadeur il se leue
droit comme vn mast de nauire, il est sou-
dain sur les pieds comme vn chat qui tom-
be; il prend les plus beaux habits qui soiét
dans ses coffres de l'espargne, fait tirer son
courtaut de boutique, & préd son chemin
de l'escholle droit où estoit sa mie de pain
mollet. Il la treuue trauaillant sur la toile
de Penelope, l'éguille d'vn clocher en vne
main, & le cizeau d'vn tailleur de pierre en
l'autre, ses Damoiselles assises aupres d'elle en rang d'oignon en bel ordre de Che-
ualerie. Il les saluë aussi d'vn bel ordre de
volte, & auec sa belle mine de fer luy ra-
conte les inquietudes de Motin: puis auec
plusieurs larmes de cerfs & soufpirs de
musique il amollit ce cœur diamantin, &
luy persuade de l'aimer. Cependant vn
certain, jaloux comme vn chien de jardi-
nier, ne pouuant souffrir que sa Dame fut
possedee comme vn Demoniaque par le
Courtizan crotesque, luy fait faire vn ap-
pel comme d'abus. Ils se treuuent sur le
champ du Landy, se battent comme pla-
tre; & s'estans donnez plusieurs reuers de
medailles, & force coups d'estoc de nobles
euillets, & bottes de marroquin : le Courtizan luy osta l'espee de Tarot, & luy fit

demander l'auis des Medecins, le met-
tant és mains d'vn Barbier pour le faire
penſer à ſes affaires. Faiſant voir par là
qu'il eſtoit d'vne vertu autant noble à la
roze & debonnaire comme le fils de
Charlemagne, adroit non à gauche, ſou-
ple comme vne andouille, & fort côme
vn taureau. Ce côbat ne dementit point
ſa belle taille de deniers royaux, ny lard
en poix, pratique ciuile & criminelle des
armes qu'il auoit acquiſes aux guerres
où il ne ſe trouua iamais. Il reuint en fin
triomphant comme vn Paul Emille,
portant vne couronne de chapiteau
môté ſur vn char de fumier: & ſa Dame
qui l'attendoit auec impatience les bras
ouuerts de cauteres, luy donna à ſon ar-
riuee pluſieurs baiſers colombins & ſuc-
crins, & luy fit porter pour le rafraichir
vne collation de benefice. Le lendemain
ils allerent à la chaſſe auec les chiens ce-
leſtes, ayans ſur le poing de Mathemati-
que vn oyſeau de Maſſon, les reths de
Vulcan ſur les eſpaules, l'arc en ciel en la
main gauche, & les fléches d'vn pont le-
uis en vne trouſſe de menteur: auec leſ-
quels ils prirent quantité continue de
pigeons dupez, oyſeaux niais, perdrix en

capilotades, chat en poches, le singe qui
pile, la truye qui file, canards à moitié. Et
d'vne harquebuze en peinture chargee
de dragees de Verdun, & de trois balles
de marchandiſes ils prirent la pie au nid.
La Dame ſe treuuant laſſe en nœuds
d'amour par la longueur du chemin re-
uient malade, pour auoir eu en cette
chaſſe vn peu plus qu'il ne falloit de tra-
uail de mareſchal, & fut contrainte le
lendemain matin de prendre vne mede-
cine qui luy fit faire pluſieurs ſelles ſans
croupiere ny poitral, qui dans le meſme
iour la rendirent Seine & non pas Loire.
Peu de temps apres on fit nopces con-
rees, on y courut pluſieurs bagues de
laurier, on y danſa des balais de geneſt,
on fit la farce à l'oiſon, on y beut à tire la-
rigot, on joua aux cartes de nauigation,
aux daix d'vn tribunal, on y feſtina len-
té. La feſte fut pleine de ripope. La ma-
riée tira de ſa boëte de Pandore des
gands de Fauconnier, des chaines de
puits, des enſeignes d'hoſtellerie, des
cordons de murailles, des jartieres d'An-
gleterre, des mitaines d'Helene de
Troye, des boutons de Genes, des rubis
de tauerne. On fit des preſens à tous les

conuiez. Aprés on mit l'éfpouzee dans vne couche de citrouilles faite fur des pailles de diamans, & des plumes d'eſ-critoire. Puis on fe mit à chanter au tout d'vn menuſier, Au fon de la farine, au fon de la farine, pendant que les amans fe)dormirent pour mieux veiller par après. Cette nuiճ la mariee deuint grof-fe de balle, & pleine de vent: dont lé Courtizá fut fort aize de l'auoir encein-te d'vn beau bois. Leurs peres leur a-uoient donné grande fomme d'efcus d'armoiries, nõbre de reuenus de cerfs, moutons à la grande laine, brebis éga-rées, chafteaux en Efpagne, terre figil-lee, champs de bataille, beau prez de na-uires, bois de roze, vignes de Vegece, & pluſieurs autres Seigneuries de Venize: De forte qu'ils eurent dequoy fort bien partager leurs quatre fils Emond, & fai-re bonne chere percee. Ils vefcurét leurs ans climacteriques, fans efprouuer pas vn des malheurs de Priam : iufques à tant que l'ambition porta le Courtizan à aller voir la Cour aux vaches des Rois de la febue, en quoy il depédit pluſieurs hommes du gibet, & force iambons de la cheminee pour dreſſer fon equipage, qui fut de fix barbes de Senateurs Romains, trois pages des vies de Plutarque, grande fuitte de fangliers, des cheualets de baffe de viole pour aller en houffe de lict, quantité de vaiffelle d'or potable & d'argent vif, donnant à chacun de fes valets de carreau fon Eftat de Bretagne. Durant ce temps là il fe trouua en plufieurs combats par imagination, il y fit beaucoup de genereux exploits de Sergent, & quantité de belles actions de graces, dont il fut loüé d'vn chacun à cinq fols par iour. Sa deuotion le portoit quelquefois à fe donner la difcipline militaire, il auoit toufiours le mot du guet à la bouche, & le ris Sardonnien fur les leures; & de bonnes rencontres de troupes en fes difcours. Lefquelles chofes furent des vertus occultes en luy pour luy acquerir la faueur du Roy des baftons. Si bien qu'il faillit à peu de iours de là d'eftre pourueu d'vne charge de garde des feaux d'vn puits, ou d'vn des offices de Ciceron. Il fut premierement cheual leger, mais il perdit le nom de leger auec le temps. Puis Sergent mangeur. Il porta l'enfeigne d'vne Confrairie: Et puis fut general, & non particulier. En fin il mourut en vne grande iournée au Solfti-

ce d'eſté, & fut mis au ſepulchre de Ma-
homet, & voulut que ſa deuiſe y fut gra-
uee, qui eſtoit vn Tout & vn Rien, & l'vn
& l'autre. Ses amis touchez comme vn
clauier d'eſpinette d'vne grande douleur
de mal d'enfant, luy mirent cét epitalame
ſur ſon tombeau.

Cy giſt vn Courtizan groteſque,
Vn fantoſme godelureſque,
Fils du menſonge deceuant:
Il veſcut ſans corps & ſans ame:
Paſſant regarde ſous ſa lame
Tu n'y trouueras que du vent.

[illegible]

9 782019 911454